ME AND YOU... THE NAUGHTY

One shot

W0277796

ZANKOKU NA KIMI TO TOMONI
© Piyoko Chitose 2010
Originally published in Japan in 2010 by Libre Publishing Co., Ltd.
French translation rights arranged with Libre Publishing Co., Ltd., Tokyo
Through TOHAN CORPORATION, Tokyo

Édition française : © 2011, Éditions Tonkam
6, cité Paradis – 75010 Paris
Site internet : www.editions-tonkam.fr
E-mail : ecrivez-nous@tonkam.com

Traduction et adaptation : Nesrine Mezouane
Lettrage et maquette : Éditions Tonkam

1re édition française : juillet 2011

Achevé d'imprimer en France en juin 2011
sur les presses de CPI Aubin Imprimeur à Ligugé (Vienne)
Dépôt légal : juillet 2011

ISBN vol. original : 978-4-86263-733-8
ISBN : 978-2-7595-0657-6

www.editions-tonkam.fr

Retrouvez tout l'univers de Tonkam sur le web !

Suivez notre planning et les news semaine par semaine.

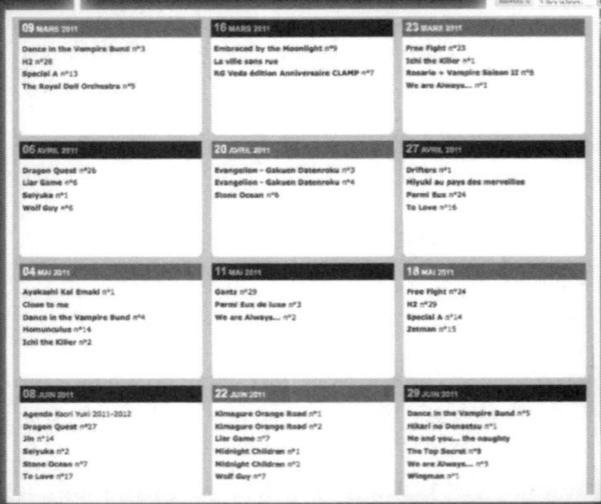

09 MARS 2011	16 MARS 2011	23 MARS 2011
Dance in the Vampire Bund n°3 H2 n°28 Special A n°13 The Royal Doll Orchestra n°5	Embraced by the Moonlight n°9 La ville sans rue RG Veda édition Anniversaire CLAMP n°7	Free Fight n°23 Ichi the Killer n°1 Rosario + Vampire Saison II n°8 We are Always... n°1
06 AVRIL 2011	**20 AVRIL 2011**	**27 AVRIL 2011**
Dragon Quest n°26 Liar Game n°6 Seiyuka n°1 Wolf Guy n°6	Evangelion - Gakuen Datenroku n°3 Evangelion - Gakuen Datenroku n°4 Stone Ocean n°6	Drifters n°1 Miyuki au pays des merveilles Parmi Eux n°24 To Love n°16
04 MAI 2011	**11 MAI 2011**	**18 MAI 2011**
Ayakashi Koi Emaki n°1 Close to me Dance in the Vampire Bund n°4 Homunculus n°14 Ichi the Killer n°2	Gantz n°29 Parmi Eux de luxe n°3 We are Always... n°2	Free Fight n°24 H2 n°29 Special A n°14 Zetman n°15
08 JUIN 2011	**22 JUIN 2011**	**29 JUIN 2011**
Agenda Kaori Yuki 2011-2012 Dragon Quest n°27 Jin n°14 Seiyuka n°2 Stone Ocean n°7 To Love n°17	Kimagure Orange Road n°1 Kimagure Orange Road n°2 Liar Game n°7 Midnight Children n°1 Midnight Children n°2 Wolf Guy n°7	Dance in the Vampire Bund n°5 Hikari no Densetsu n°1 Me and you... the naughty The Top Secret n°8 We are Always... n°3 Wingman n°1

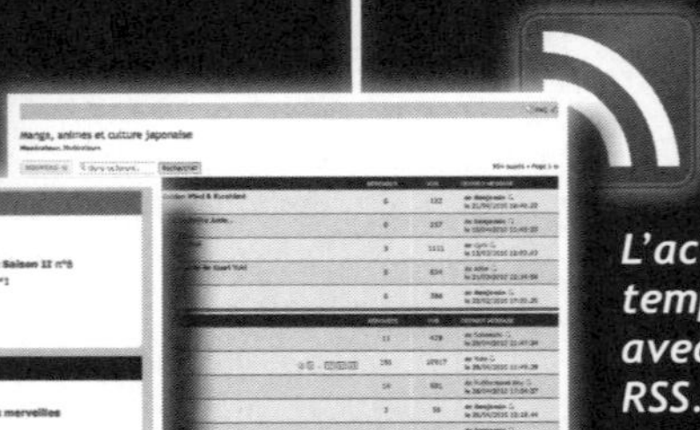

L'actu en temps réel avec les flux RSS.

Participez à nos forums de discussions.

ÉDITIONS TONKAM

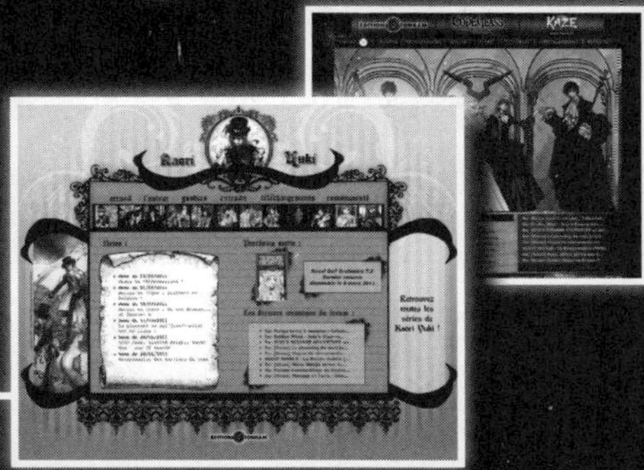

Surfez sur des sites dédiés à vos séries préférées.

Une bibliothèque pour consulter des extraits de mangas en ligne.

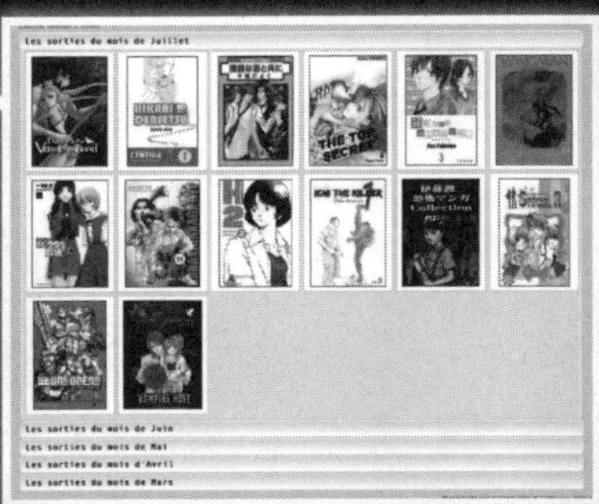

Tout savoir sur les collections, les auteurs, les séries.

Tonkam est aussi sur **facebook** et twitter !

Venez rencontrer notre équipe, poser des questions, donner votre avis, poster vos photos et vidéos sur Facebook !

En suivant Tonkam sur Twitter, vous pourrez vous tenir au courant de toute notre actualité mais aussi de nos coups de cœur ou d'informations exclusives.

Kizuna

Nombre de volumes : 11 (en cours)
Code prix : TK 2
Genre : Sentimental / Érotique

Ranmaru et Kei vivent ensemble depuis leur entrée à l'université. Ils mènent leur petite vie paisible à l'abri dans leur studio. Pourtant, ils semblent toujours dérangés par tout le monde et n'importe qui… Et comme Ranmaru est trop gentil mais Kei très jaloux, tout ne se passe pas toujours pour le mieux dans le meilleur des mondes. Surtout lorsque Kaï, le demi-frère de Kei, s'invite chez eux et semble déterminé à séduire Ranmaru… C'est le commencement d'interminables soucis !

Gakuen Heaven

Nombre de volumes : 4 (en cours)
Code prix : TK 21
Genre : Comédie / Sentimental

Le lycée Liberty Bell ! Un établissement paradisiaque où vivent en autarcie les éléments les plus brillants de la jeunesse japonaise. Sport, sciences, littérature... Quel que soit le domaine, chaque élève du Liberty Bell est un diamant qui ne demande qu'à être taillé pour devenir l'élite de la société. Quand Keita Ito, le nouvel élève, arrive il doit faire face à un défi de taille : ne possédant aucun don particulier, il va devoir se faire sa place au paradis !

Housekeeper of business suit

Nombre de volumes : One shot
Code prix : TK 5
Genre : Comédie / Sentimental / Érotique

Avec ce One Shot, Kazuma KODAKA quitte le monde des yakuzas pour un nouvel univers tout aussi impitoyable, celui des bureaux d'affaires. C'est dans une entreprise où tout signe de faiblesse est prohibé que l'auteure place ses pions pour un vaudeville haut en couleurs.

Kazuma KODAKA

Not ready ?! Sensei

Nombre de volumes : One shot
Code prix : TK 5
Genre : Comédie / Sentimental / Érotique

Dans *Not Ready ?! Sensei,* Kazuma KODAKA se livre à l'exercice délicat de la mise en abyme, en racontant la vie dissolue d'un auteur de manga yaoi. Cette version fantasmée du quotidien d'un mangaka satisfera pleinement les fans de Boy's Love avec son humour débridé et sa sensualité affirmée.

Piyoko CHITOSE

Le Fruit de toutes les convoitises

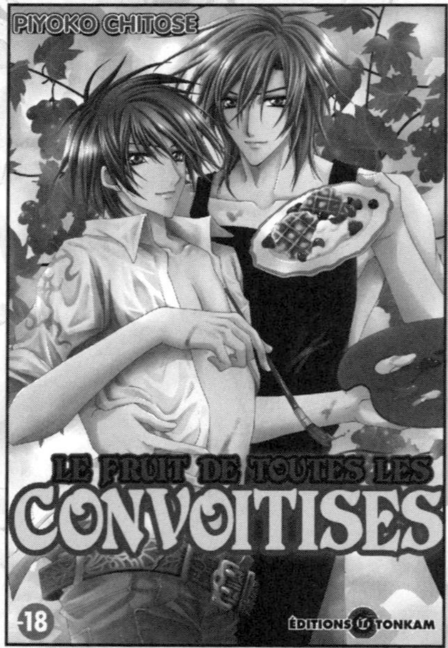

Nombre de volumes : One shot
Code prix : TK 2
Genre : Comédie / Sentimental

Le Fruit de toutes les convoitises est un Boy's Love pur et dur qui ravira les fans du genre ! Partant d'une situation ordinaire, l'œuvre multiplie les traits d'humour et les situations rocambolesques où la vertu du héros sera malmenée au gré des envies délirantes de l'auteur. Âmes trop chastes s'abstenir !

Close to me

Nombre de volumes : One shot
Code prix : TK 2
Genre : Comédie / Sentimental

Après le succès du *Fruit de toutes les convoitises*, retrouvez les nouvelles œuvres courtes de Piyoko Chitose dont la verve sans égale ravira les fans de boy's love les plus exigeantes.

-18

ÉDITIONS TONKAM

COLLECTION
BOY'S LOVE

Première publication :

Me And You... The Naughty	/b-BOY Phoenix vol.14 (Septembre 2008)
Me And You... Cruel Love	/b-BOY Phoenix vol.19 (Juillet 2009)
Me And You... True Love	/b-BOY HONEY vol.1 (Novembre 2009)
Me And You... Forever	/ BE•BOY GOLD (Février 2010)
Me And You... The Naughty –Happy Birthday-	/Nouveauté
Free Talk	/Nouveauté
My Beautiful Headmaster	/b-BOY Phoenix vol.17 (Mars 2009)

MY BEAUTIFULL HEADMASTER / END

SUR CES ENTREFAITES
ÉPUISÉS
AAH
TOI AUSSI, TU ES CREVÉ ?
PAS FACILE APRÈS UNE NUIT BLANCHE
COMMENT ÇA ? ON A EU AU MOINS TROIS HEURES DE SOMMEIL
PAS MOI, J'AI RÉVISÉ UN PEU
JE DOIS TENIR MA PROMESSE
CAR J'AI UN MEC EXCEPTIONNEL EN RÉCOMPENSE

AAH
SPLOTCH
SPLATCH
C'EST CE QUE
JE RESSENS
MAINTENANT

CE N'EST PAS FINI... VIENS PAR LÀ
PEU IMPORTE DE QUOI SERA FAIT DEMAIN
CE QUI COMPTE
AAH

VLAM
MON-SIEUR... JE VAIS VE...
VENIR...
AH !
SPLATCH
PLOUTCH
PLOUTCH
FLOC
FLOC
PLOUTCH
PLOUTCH
AH
AH
HM
HAA...
HAA...
HAN
AH
KASHIMURA

AAH
MONSIEUR...
VOUS...
AH
C'EST... TROP BON...
AH
AH AH

MOI NON PLUS...
MONSIEUR...
HMM
HMM
OH

JE VEUX AUSSI QUE TU T'OCCUPES DE MOI À CET ENDROIT
TU VOIS COMMENT MON DOIGT ENTRE FACILEMENT
ÇA TE DONNE ENVIE, QUAND JE FAIS ÇA ?
MON-SIEUR... JE...
NE PEUX PLUS RÉSISTER !

C'EST POUR ÇA QUE J'AI ACCEPTÉ...
DÉSHABILLE-MOI
VIENS, LÈCHE
JE N'AURAIS JAMAIS DÛ TE TRAITER COMME JE L'AI FAIT
SES CONDITIONS DÈS LE DÉBUT
SLURP
OUI, C'EST BIEN
AH...
MON-SIEUR !

POUR-QUOI ?
POURQUOI TU TE CONTENTES DE LA MASTURBATION, SANS MOI ?
C'EST PARCE QUE JE VOUS AIME
DEPUIS LE JOUR OÙ JE VOUS AI RENCONTRÉ
C'ÉTAIT LA PREMIÈRE FOIS QUE JE VOYAIS QUELQU'UN D'AUSSI BEAU
J'AI EU ENVIE DE VOUS INSTANTANÉME
MOI AUSSI
KASHIMURA

J'AI COMPRIS
À PARTIR DE MAINTENANT JE LE FERAI SEUL
ALORS...
LAISSEZ-MOI RESTER À VOS CÔTÉS...

ATT.. ATTENDEZ ! JE N'AI PAS L'INTENTION DE PARTIR
TU RESTES SI TU VEUX, JE M'EN FOUS !
ET QUAND TU AS ENVIE DE SEXE, TU N'AS QU'À UTILISER TA MAIN
TU N'AURAS PLUS RIEN DE MOI
EN FAIT TU ES...
ゴン
ZIP
ドキ
BAM

QUOI ?!
QU'EST-CE QUI SE PASSE ?
TU TE RÉVEILLES ENFIN
LE SOMNIFÈRE À ÉTÉ TROP EFFICACE
HEIN ?
J'EN AI MARRE !
JOUR APRÈS JOUR ON NE FAIT QUE CE DONT TU AS ENVIE
SI TU N'ES PAS SATISFAIT, TU PEUX QUITTER L'ÉCOLE, JE N'EN AI PLUS RIEN À FAIRE

C'EST MON TRAVAIL NON ?
HOLÀ ! ATTENDS UN PEU
TRINQUONS AVANT

SI C'EST COMME ÇA...
ANNULE TOUS MES RENDEZ-VOUS POUR AUJOURD'HUI
QU... EUH... MONSIEUR ?!
OH !
VOUS RENTREZ DÉJÀ ?
J'AI FINI PLUS TÔT AUJOURD'HUI
TU TRAVAILLES BIEN EN CE MOMENT
JE CROIS MÊME QUE TU VAS RECEVOIR UN PRIX POUR TON MÉMOIRE EN SCIENCES

MONSIEUR KASHIMURA...
A L'AIR D'AVOIR BEAUCOUP DE SUCCÈS
GRR
KA... KASHIMURA
IL DRAGUE DES FILLES
ALORS QU'IL ME FAIT L'AMOUR TOUS LES JOURS JUSQU'À ÉPUISEMENT

AH
AAH
NON... JE VAIS...
JOUIR...
SHKAF
PLOUTCH
PLOUTCH
AH
PLOUTCH
SHKAF
CEPENDANT
ÉPUISÉ
MONSIEUR... VOTRE PLANNING EST SI CHARGÉ QUE ÇA ?
NON, C'EST AUTRE CHOSE
ON L'A FAIT CINQ FOIS...
C'ÉTAIT VIOLENT
ENFIN BON, C'EST POUR LE BIEN DE L'ÉCOLE...
JE N'Y PEUX RIEN
OH ?

VOUS ÊTES VRAIMENT BEAU
MONSIEUR LE PROVISEUR
HUNN...
AAH
HMM
HMM
AH
AH
AAH
AH
ÇA NE ME DÉPLAÎT PAS DE FAIRE ÇA AVEC KASHIMURA

AH
FINALEMENT, AUJOURD'HUI AUSSI...
ZWUP
JE T'AVAIS DIS NON POUR CE SOIR !
JE NE FAIS QUE VOUS LAVER EN PROFONDEUR
AAH... HM
PLOUTCH
PLOUTCH
PLOUTCH
MAIS COMME MON DOIGT NE PEUT ALLER PLUS LOIN...
POTCH
POTCH
PLATCH

AH
BONSOIR
TU NE DORS TOUJOURS PAS ?
J'AI FAIT UNE SIESTE À MIDI
TAC
TU ÉTUDIES ?!
JE RÉVISE UN PEU C'EST TOUT
ALORS
JE VAIS VOUS AIDER À VOUS DÉSHABILLER
ATT... CE SOIR JE SUIS FATIGUÉ... DEMAIN JE ME LÈVE TÔT
HMM... OK, ON PREND UN BAIN TOUS LES DEUX ALORS ? ♡

C'ÉTAIT AUSSI UNE BONNE IDÉE DE L'HÉBERGER CHEZ VOUS
C'ÉTAIT PAS MON IDÉE
J'ÉTAIS OBLIGÉ D'ACCEPTER
EXCUSEZ-MOI MONSIEUR, C'EST BIENTÔT L'HEURE DU DÎNER
OUI, JE NE VAIS PAS TARDER
AVANT LE DÎNER CHEZ MONSIEUR TAKASE, VOUS DEVEZ PASSER RAPIDEMENT À LA RÉCEPTION DU MINISTRE SHIOMURA
ET DEMAIN VOUS AVEZ UNE RÉUNION AVEC LES ADMINISTRATEURS DU GROUPE FUCHIGAMI
ENSUITE…
ÇA SUFFIT, INUTILE DE M'ENNUYER AVEC LE PLANNING DE DEMAIN
MONSIEUR, SOYEZ PLUS RAISONNABLE… N'OUBLIEZ PAS QUE VOUS DEVEZ PRENDRE LA SUCCESSION DU GROUPE FUCHIGAMI
JE SAIS !
JE SAIS TOUT ÇA…

EUH... OUI ? VOUS DISIEZ ?
VOUS ALLEZ BIEN ? VOUS AVEZ L'AIR FATIGUÉ EN CE MOMENT
AH... TOUT VA BIEN
BON
HARUKI KASHIMURA EST BRILLANT
AH, OUI IL EST TRÈS VIGOUREUX
VIGOU-REUX ?
JE PARLAIS DU TEST D'HIER...
HEIN ?!
EUH... BIEN SÛR...
IL A FAIT UN SANS FAUTE, ET ÇA EN MOINS DE DIX MINUTES
AH OUI ?
IL REMPLIT SA PART DU CONTRAT
J'AVAIS PEUR D'ACCEPTER UN ÉLÈVE QUI NE VIENT PAS D'UNE GRANDE FAMILLE. MAIS LÀ, JE N'AI RIEN À REDIRE
VOUS AVEZ PRIS UNE BONNE DÉCISION

ARR… ARRÊTEZ !
KASHI-MURA
SPLATCH
AH BON ?
QUE DITES-VOUS ? ON VIENT JUSTE DE COMMENCER
PLOTCH
AH
MM
PLOTCH
VOUS N'AVEZ ENCORE RIEN VU
AH
AAH
FLOC
FLOC
KA… KASHI-MURA
ÇA SUFFIT
FLOC
FLOC
AH
JE… JE VAIS
AAH
FLOC
MON…
MONSIEUR LE PROVISEUR
MONSIEUR FUCHIGAMI !

SUR CE J'AI...
BUREAU DU PROVISEUR
AAH...
PLOUTCH
AH
PLOUTCH
C'EST TROP BON
FLOC
VLAM
VLAM
ÇA VOUS PLAÎT MONSIEUR ?
TCHAF
PLOUTCH
VLAM
VLAM
AAH
AH
TCHAF
AH !

HÉ... NE ME TOUCHEZ PAS !
OH ! VOUS BANDEZ DÉJÀ !
À VOIR VOTRE ÉTAT, VOUS ALLEZ JOUIR RAPIDEMENT SI JE VOUS PRENDS PAR DERRIÈRE
PAR DERRIÈRE ? COMMENT ÇA PAR DERRIÈRE ?! AAH !
MON-SIEUR... PARLEZ MOINS FORT
TOUT IRA BIEN
N'AYEZ PAS PEUR

JE COMPRENDS QUE ÇA VOUS FASSE BIZARRE... JE NE SUIS PAS UN EMPLOYÉ
PINCH
HMM
HA
QUE... QUE FAITES-VOUS ?
PLAF
CHUT, DU CALME
HUNN...
HUNN

DE QUOI PARLAIT-IL ?
ALLEZ, DÉSHABILLEZ-VOUS ET VITE
J'AI... J'AI COMPRIS
COMMENT ÇA "SA CHOSE" ?
ATTENDEZ, JE VAIS APPELER LE MAJORDOME
BIP
MAIS, POURQUOI ?
IL EST SÉRIEUX
C'EST TOUJOURS LUI OU LA FEMME DE CHAMBRE QUI M'AIDE À ME CHANGER
QUEL ENFANT GÂTÉ !
HOP
EH MERDE !
VOUS N'ÊTES PLUS UN GAMIN POUR NE PAS VOUS DÉSHABILLER SEUL

BIEN ÉVIDEMENT, LES FRAIS DE SCOLARITÉ ET D'HÉBERGEMENT SERONT...
LAISSONS ÇA DE CÔTÉ
SI JE VIENS DANS CETTE ÉCOLE, ELLE SE HISSERA AU-DESSUS DU NIVEAU NATIONAL
C'EST BIEN ÇA ?
TOUT À FAIT
ET SI VOUS RÉUSSISSEZ À REMONTER LA MOYENNE DE L'ÉCOLE
NOTRE RÉPUTATION N'EN SERA QU'AMÉLIORÉE
POURQUOI PAS, DE TOUTE FAÇON JE N'AI PAS ENCORE CHOISI D'ÉCOLE EN PARTICULIER
C'EST UNE BONNE NOUVELLE
PAR CONTRE
J'AIMERAIS QU'EN ÉCHANGE VOUS DEVENIEZ MA CHOSE

QUELQUES HEURES PLUS TÔT
QU'EN PENSEZ-VOUS MONSIEUR KASHIMURA ?
COMME VOUS LE SAVEZ, PAR SON HISTOIRE, SES MOYENS ET LA NAISSANCE DE SES ÉLÈVES, L'ACADÉMIE SAINT ASTOR EST UN ÉTABLISSEMENT D'ÉLITE
CEPENDANT, IL SUBSISTE UNE PETITE TACHE SUR CE PARFAIT TABLEAU
JE PARLE DU NIVEAU SCOLAIRE
CHAQUE ANNÉE, VOUS OBTENEZ LES PLUS HAUTS SCORES AU TEST NATIONAL, VOUS ÊTES DONC L'ÉLÈVE LE PLUS INTELLIGENT DU JAPON
SI VOUS DÉCIDEZ D'ÉTUDIER DANS NOTRE ÉCOLE VOUS DEVIENDREZ UN EXEMPLE À SUIVRE PAR TOUS NOS ÉLÈVES

QU'EST-CE QUE JE FABRIQUE...
SUIS-JE RÉELLEMENT OBLIGÉ D'ALLER JUSQUE-LÀ ?
HUM, VOUS POUVEZ ARRÊTER
MAINTENANT, DÉSHABILLEZ-VOUS !!
QUOI ?
ICI... DANS MON BUREAU ? MAIS QUE CHERCHES-TU À LA FIN ?
C'EST BIEN CE QUE NOUS AVIONS CONVENU, NON ?
MAIS, VOUS POUVEZ TOUJOURS FAIRE MARCHE ARRIÈRE
HUM...

AVALEZ BIEN TOUT
MONSIEUR LE PROVISEUR
HUMPF
VLAM
SLURP

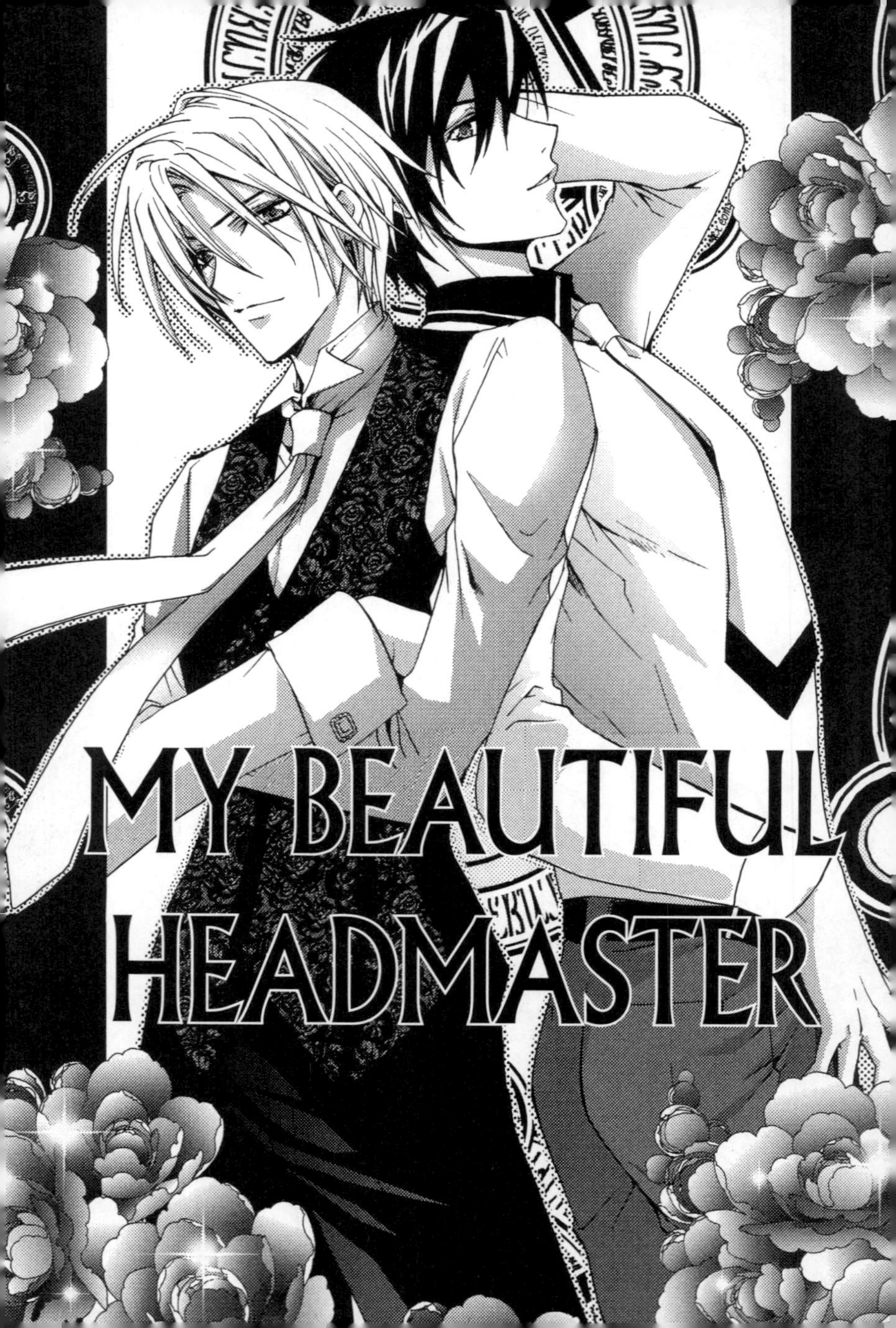
MY BEAUTIFUL
HEADMASTER

LES PERSONNAGES DE CE ONE SHOT ONT ÉTÉ LES PLUS DIFFICILES À DESSINER POUR MOI JUSQU'À PRÉSENT ET JE SUIS TRÈS CONTENTE DE M'EN ÊTRE BIEN SORTIE.

EN PARTICULIER SOUSHI, JE N'AI PAS L'HABITUDE DE DESSINER DES PERSONNAGES QUI ONT UN TEL CARACTÈRE. CEPENDANT, COMME VERS LA FIN DU VOLUME IL DEVIENT PLUS GENTIL, ÇA M'A PLUS AMUSÉ DE LE DESSINER. ^^

CES DERNIERS TEMPS... ENFIN DISONS QUE DEPUIS LE DÉBUT, MON ÉDITEUR ME DEMANDE DE MONTRER LES URÈTRES, LE PLUS POSSIBLE. (*RIRES.*)

MES AMIS ME DISENT SOUVENT QUE JE DOIS ME JUSTIFIER POUR QUE LES GENS NE PENSENT PAS QUE J'AIME ÇA... MAIS EN FAIT, PLUS JE TRAVAILLE SUR CE GENRE DE MANGAS ET PLUS JE PRENDS CONSCIENCE DE CERTAINES CHOSES. (*RIRES.*)

JE VAIS CONTINUER À FAIRE DE MON MIEUX ET CONTINUER À PRENDRE CONSCIENCE DE TRUCS INUTILES. À TRÈS BIENTÔT.

PIYOKO CHITOSE
BLOG **http://blog.goo.ne.jp/d-amb**
(FÉVRIER 2010)

C'ÉTAIT TRÈS BEAU
L'ANNÉE PROCHAINE AUSSI...
TU AURAS UN MAGNIFIQUE ANNIVERSAIRE
ME AND YOU... THE NAUGHTY – HAPPY BIRTHDAY / END

JE...
SPLOTCH
AAH
SCHLOUF
ドロッ

ET À JAMAIS
AH
AH
FLOC
FLOC
AAH
AAH
AH
HM... NON !
JE N'EN PEUX...
PLUS
AH

SOUSHI ?
JOYEUX ANNIVERSAIRE
LA PREUVE QUE TU M'APPARTIENS POUR TOUJOURS...
SOUSHI...

ALORS...
JE SUIS HEUREUX QUE...
MON ANNIVERSAIRE SE PASSE DE CETTE MANIÈRE
HM

SOUSHI
JE LE SENS SUR MES LÈVRES
ET SUR MES TÉTONS
AH
AAH
IL FAIT ENTIÈREMENT PARTIE DE MOI

SOUSHI
JE PEUX ÉJACULER ?
OUI VIENS EN MOI
AH
JE LE SENS À L'INTÉRIEUR DE MON CORPS
PLOUTCH
PLOUTCH
PLOUTCH

MÊME EN VIEILLISSANT TU RESTES BEAU
SOUSHI... REVIENS... VITE
RESTE EN MOI
TU ES INSATIABLE
AH
PLOUTCH

SOUSHI, ÇA SE VOIT QUE TU AIMES LE SUCRÉ
OUI, J'AIME ÇA
TOI AUSSI…
TU AS UN GOÛT SUCRÉ
PLOUTCH
スチュッ

AH MAIS… TOI AUSSI ?
AUJOURD'HUI
C'EST TON ANNIVERSAIRE NON ?
TU LE SAVAIS ?
OUI…
MÊME SI C'EST LA PREMIÈRE FOIS QUE JE TE LE SOUHAITE
QU'EST-CE QUI TE FERAIT PLAISIR ?
SOUSHI
RIEN
JE VEUX JUSTE QUE TU RESTES AVEC MOI

CLAC
SOUSHI ?
PARDON
JE T'AI RÉVEILLÉ ?
NON
TU VIENS JUSTE DE RENTRER ?
OUI
TU AS ACHETÉ UN GÂTEAU ?
OUI

SOUSHI
J'AI ACHETÉ UN GÂTEAU
ME AND YOU... THE NAUGHTY HAPPY BIRTHDAY
HEIN ?
IL N'EST TOUJOURS PAS RENTRÉ ?
ON A BEAU HABITER DANS LE MÊME APPARTEMENT, ON NE PASSE PAS BEAUCOUP DE TEMPS ENSEMBLE
C'EST PAS GRAVE, JE VAIS LE MANGER SEUL

ME AND YOU...
THE NAUGHTY

AAH
MOI... AUSSI
ME AND YOU... FOREVER / END

AH
SPLATCH
JE N'AI PAS ENCORE FINI
GRAND FRÈRE
JE RESTERAI PRÈS DE TOI JUSQU'À LA FIN DE MES JOURS

ENCORE... ENCORE
AH
AAH
PRENDS-MOI
AH
ENCORE...
AH
SQUATCH
AAH

SOU... SHI
TOI AUSSI
TU ES À MOI SEUL
AH
AAH

EN-
CORE..
PLUS
FORT !
AAH
FLOC
FLOC
HUMM
HM...
GRAND FRÈRE
AH
AH
TU
N'APPARTIENS
QU'À MOI
GRAND
FRÈRE...

TAC
FLOTCH
FLOTCH
AH
AAH
C'EST EXTRAORDINAIRE !
TU ES DANS TOUS TES ÉTATS
TU VAS POUVOIR JOUIR PLUSIEURS FOIS
HMM
PLATCH
SOUSHI...
SOUSHI

JE VAIS NETTOYER TOUT ÇA
SSHH
ATTENDS...
SSHH
JE COMMENCE ICI
PLATCH
PLATCH
SPLASH
HEIN ?!
AH !
AAH
PLATCH
PSHH
AH
JE SENS...
À L'INTÉRIEUR...
FSSHH
AH
FSSHH
TU AIMES ?
TCHAP
HAN
AAH
HAN

AAH
SSSH
AAH...
AH
AH...
HAN
GRAND FRÈRE
TU T'EMPORTES
HAN
HAN
PLOC

AH
AAH
ÇA TE PLAÎT ON DIRAIT
HAA...
C'EST LA PREMIÈRE FOIS QUE TU TE CONTRACTES...
COMME ÇA
PLOUTCH
LAISSE-MOI ALLER JUSQU'AU FOND
AH ! NON !

PLATCH
NON ! JE VAIS...
JOU...
PLOTCH
PLOTCH
AAH
AH
HAN
HAN
AH
PLOC
PLOTCH
ATT... ATTENDS
PAS... ENCORE !
SPLATCH
AH
PLOTCH
PLOTCH
PLOTCH
PLOC

HAA
HAA
AH
OUI C'EST ÇA
HAA...
FRR
JE LE SENS EN MOI
AH
AAH
JE SUIS COMBLÉ

AAH
はあっ
FLOUTCH
FLOUTCH
HUMPF
HUMPF
HAN
HAN
PAF
L'APHRODISIAQUE FAIT SON EFFET SUR TOI AUSSI!
FFLL
FFLL
TU ÉCARTES BIEN !
AH
AAAH

JE T'APPARTIENS
SI C'EST TOI, J'ACCEPTE D'AVOIR MAL
FAIS DE MOI CE QUE TU VOUDRAS
AH
AH
AH
AH
HMM
SLURP

SOU...
C'EST POUR ÇA QU'IL ME FUYAIT ?
PAF
VLAM
JE SUIS DÉSOLÉ
JE RISQUE DE TE FAIRE MAL SI ON LE FAISAIT MAINTENANT
À CAUSE DE CETTE DROGUE

TU AS TOUJOURS ÉTÉ LE SEUL QUI COMPTE POUR MOI ET CE DEPUIS L'ENFANCE
JE NE PENSAIS QU'À TON BONHEUR
TU ES TOUT POUR MOI
J'AVAIS PEUR...
J'AVAIS PEUR QUE MON AMOUR POUR TOI GRANDISSE
S'IL ARRIVAIT QUE TU DISPARAISSES ENCORE UNE FOIS DE MA VIE
JE POURRAIS EN MOURIR

SOUSHI…
JE NE TE SUFFIS PAS ?
JE NE TE…
GRAND FRÈRE
PAF
NE DIS PAS
DE BÊTISES

QUE M'AS-TU FAIT AVALER ?
C'EST LE...
CES DENIERS TEMPS TU N'AS FAIT QUE M'ÉVITER
TIC
MALGRÉ ÇA...
AH
J'AI ENVIE D'ÊTRE DANS TES BRAS
JE VEUX QUE TU AIES ENVIE DE MOI
JE NE...
TE LAISSERAI À PERSONNE D'AUTRE !

BON, RENTRE À LA MAISON EN PREMIER
JE T'AC-COMPAGNE EN BAS
JE...
JE NE...
JE NE VAIS PAS SUPPORTER TON COMPORTEMENT EN SILENCE !
GRAND FRÈRE...
SMACK
BO BOM

TU TE SENS BIEN ?
QUE...
BO BOM
BO BOM
MON CORPS...
OH NON ! C'EST LE...
C'EST DE MA FAUTE CE QUI T'ARRIVE
MAIS NE T'EN FAIS PAS
JE NE TE FERAI JAMAIS DE MAL

QU'EST-CE QUE TU FOUS ?
EXCUSEZ-MOI UN INSTANT
VIENS PAR LÀ
CLAC
COMMENT TU AS FAIS POUR ENTRER ? TU M'EMBARRASSES
TU PLAISANTES ? QU'EST-CE QUE TU FABRIQUAIS ?
MOI, JE TRAVAILLE. AVEC CE GENRE DE PERSONNE ÇA VA PLUS VITE LORSQU'ON S'Y PREND DE CETTE MANIÈRE
AH
AH
TU TRAVAILLES ?!
HUMPF
GRAND FRÈRE

ALLONS DE L'AUTRE CÔTÉ, JE VEUX TOUT VOIR !
SOUSHI
GRAND...

QUOI ?!
SLURP
QUEL BEAU CORPS, ISAMI !
POURQUOI ?

TENEZ, VOUS POURREZ LE VERSER DANS VOTRE VERRE
HM
QU'EST-CE QUE C'EST ?
IL EST PUISSANT ALORS TÂCHEZ DE LE CONSOMMER AVEC MODÉRATION
PROFITEZ BIEN DE VOTRE SOIRÉE
ÉTRANGE FÊTE !
OÙ EST SOUSHI ?
IL N'A PAS L'AIR DE SE TROUVER DANS CETTE PIÈCE
PEUT-ÊTRE PAR LÀ-BAS ?

EXCUSEZ-MOI MONSIEUR, SEULS LES MEMBRES PEUVENT ACCÉDER À CETTE PARTIE DE L'HÔTEL
VOTRE CARTE JE VOUS PRIE
AH ! EUH...
EUH... JE VIENS VOIR MONSIEUR ISAMI...
AAH, MONSIEUR ISAMI VOUS A INVITÉ ?
UNE SOIRÉE PRIVÉE ? POURQUOI ICI ?
ÇA A L'AIR MOINS DOUTEUX QUE LA SOIRÉE DE LA DERNIÈRE FOIS
VOUS VOULEZ BOIRE QUELQUE CHOSE ?
EUH... OUI

SOUSHI...
UN RENDEZ-VOUS CLIENT ? DANS UN HÔTEL ?
MONSIEUR ?
EXCUSE-MOI, J'AI ENCORE UNE CHOSE À RÉGLER. PARS DEVANT
OU... OUI...
ILS VONT PEUT-ÊTRE AU BAR...
JE PENSE QU'ILS ONT DÉJÀ COMMENCÉ
C'EST TOUJOURS DANS LA MÊME SUITE ?
OUI, J'AI RÉSERVÉ LE DERNIER ÉTAGE
UNE SUITE ?

SOUSHI... NE VEUT PAS DE MOI...
HOTEL GRAND TOKYO
POURQUOI
IL N'A PLUS ENVIE DE FAIRE L'AMOUR ET EN PLUS IL DEVIENT GLACIALE...
PFF
MONSIEUR ? VOTRE DÎNER AVEC LES ADMINIS-TRATEURS S'EST BIEN PASSÉ ?
VOS RENDEZ-VOUS POUR LA JOURNÉE SONT FINIS. JE VOUS APPELLE UNE VOITURE TOUT DE SUITE
HUM... MERCI...

HUMPF
PLOC
AH...
PLOTCH
PLOTCH
SOUSHI
PLOUTCH
SOUSHI
SPLACH
JE VOIS BIEN QUE... JE N'ARRIVE PAS À LE SATISFAIRE...

CE N'EST PAS GRAVE
AH...
SOUSHI
FAP
FAP
FAP

AH... IL S'EST COUCHÉ TOUT HABILLÉ
CE N'EST PAS MA PRIORITÉ POUR L'INSTANT
SOUSHI
FLAP
TU TE LÈVES TÔT DEMAIN, NON ?

J'AVAIS UN RENDEZ-VOUS D'AFFAIRES
NE M'ATTENDS PAS ET VA TE COUCHER
SOU...
CLAC
CRII
SOUSHI...
JE PEUX ENTRER ?
GRÂCE À SOUSHI, LA SOCIÉTÉ S'EST AGRANDIE
JE NE SAIS PAS COMMENT IL S'Y PREND, MAIS LES CONTRATS IMPORTANTS S'ENCHAÎNENT
CEPENDANT...

CLAC
SOUSHI ! TU AS VU L'HEURE ?
TU TE CROIS À L'HÔTEL ?

ME AND YOU...
FOREVER

VITE...
RENTRONS
ME AND YOU... TRUE LOVE / END

RENTRONS. TU N'ES PAS OBLIGÉ DE TE RHABILLER, ÇA NE ME DÉRANGE PAS
SOUSHI...
MOI AUSSI, JE FERAIS N'IMPORTE QUOI POUR TOI, TU SAIS
JE T'AIME

JOUIR !!
AH AAH

AH
AAH
TU AIMES ÇA ?
AH
N... NON
JE VAIS ENCORE...
AH

CORPS ET ÂME
AH
PLOTCH
FLOC
FLOC
FLOC
AH
PLOTCH
SOU... SOUSHI...
AH
PLOTCH
PLOTCH
EN...
ENCORE... AH
EN-CORE...
HAN
HAN
FAIS DE MOI... TA CHOSE
GRAND FRÈRE
FRRT
AH

JE SUIS RENTRÉ FACILEMENT
TU AVAIS ENVIE À CE POINT ?
OUI... DEPUIS SI LONGTEMPS...
JE VAIS TE DONNER TOUT CE QUE J'AI !
DAF
AH
AAH
CETTE... CETTE SENSATION...
JE LUI APPARTIENS ENTIÈREMENT...

PRENDS-MOI
HM
PLOTCH
HM
AH

AH...
GRAND FRÈRE, TU ES VRAIMENT...
TRÈS BEAU
SOUSHI
BON, MAINTENANT...

TCHUP
AH
AAH
TU AS UTILISÉ CET OBJET TOUS LES JOURS ?
AH... SOU... SOUSHI !
BAM
NON ! SI TU FAIS ÇA...
JE... JE VAIS...
JOUIR !
AH !
SPLATCH

AAH
AAH
AH !
TU CRIES FORT...
C'EST SI AGRÉABLE QUE ÇA ?
HAM
AAH !
AH
AH
C'EST TROP BON...
C'EST INCROYABLE CE QUE ÇA ME FAIT...
AU FAIT, J'AI TROUVÉ UN TRUC INTÉRESSANT SUR TON BUREAU

FRRT
QUE T'EST-IL ARRIVÉ ?
C'EST POUR TOI...
TU L'AS FAIT EXPRÈS ? TU ES VRAIMENT INCORRIGIBLE
ILS SONT TELLEMENT GROS...
HMM
AH

JE NE TE CÉDERAI À PERSONNE
SOUSHI

JE SUIS DÉSOLÉ...
JE SAIS QU'IL FAUT SAVOIR SE SACRIFIER POUR SON ENTREPRISE...
TOI TU ES PARTI JUSQU'AUX ÉTATS-UNIS POUR MOI
ALORS QUE MOI JE...
JE LES TUERAI
JE TUERAI TOUS CEUX QUI OSERONT METTRE LA MAIN SUR TOI
SOUSHI... QUE DIS-TU ?
TU ES À MOI !

SUR CE...
JE VOUS PRIE DE NOUS LAISSER PARTIR
NE VOUS SOUCIEZ PAS DE NOUS ET RETOURNEZ TRANQUILLEMENT À VOS ACTIVITÉS
SOUSHI... TU SAVAIS CE QUI ALLAIT SE PASSER ?

VOUS AVEZ PRÉTEXTÉ LA COLLABORATION ENTRE VOS DEUX ENTREPRISES POUR METTRE LA MAIN SUR LUI
JE N'AI RIEN CONTRE CE GENRE DE PROCÉDÉS D'HABITUDE, CEPENDANT...
DOMMAGE POUR VOUS
J'AI MOI-MÊME SIGNÉ UN CONTRAT AVEC R&C AU SIÈGE DE NEW YORK, IL Y A QUELQUES JOURS DE CELA
PUIS J'AI FAIS MON ENQUÊTE
IL APPARAÎT QUE LA BRANCHE JAPONAISE DE LA R&C A EU BEAUCOUP DE DÉPENSES INJUSTIFIÉES
QUE FERIEZ-VOUS, SI CELA VENAIT À ÊTRE DÉCOUVERT, MONSIEUR SHINOHARA ?
CE N'EST PAS POUR RIEN QU'ON VOUS SURNOMME "LE FAUCHEUR", MONSIEUR ISAMI...
ON DIT QU'UNE FOIS DANS VOTRE LIGNE DE MIRE AUCUNE ENTREPRISE NE S'EN SORT INDEMNE

VOUS LE VOULEZ À CE POINT-LÀ ?
CET HOMME M'APPARTIENT
SOU...
SOUSHI ?!
MONSIEUR ISAMI !

TU FAIS TON FAROUCHE
CE N'EST PAS COMME CI C'ÉTAIT LA PREMIÈRE FOIS
ESSAIE DE T'AMUSER UN PEU…
MON CORPS NE M'APPARTIENT PAS
IL APPARTIENT À SOUSHI
ET RIEN QU'À LUI
PLUTÔT MOURIR QUE DE VOUS LAISSER FAIRE !

ARGH !
TON CORPS EST PARFAIT
JE N'EN PEUX PLUS, LAISSE-MOI Y GOÛTER
CES FRUITS BIEN MÛRS
ÇA SUFFIT !
NE ME TOUCHEZ PAS !

おおおおう
OOH
UNE TELLE MERVEILLE...
EST IMPOSSIBLE À DÉCRIRE...
MONTRE-TOI À TOUT LE MONDE
QUOI ? ARRETEZ !

LÂCHEZ-MOI !
ARRÊTEZ !
LAI... LAISSEZ-MOI !
AH !
ME... MERDE
QU'AS-TU FAIT À TON TORSE ?

C'EST... QUOI ÇA ?
NOUS AVONS TOUS UNE PASSION COMMUNE QUE NOUS TENONS EN HAUTE ESTIME
AVEC TA BEAUTÉ TU POURRAS DÉCROCHER TOUS LES CONTRATS QUE TU VOUDRAS
JE DOIS Y ALLER
PAF
OH NON !
JE NE TE LAISSERAI PAS PARTIR

TOUT LE MONDE EST LÀ
J'ARRIVE DIRECTEMENT DU BUREAU, JE N'AI PAS EU LE TEMPS DE ME CHANGER
CE SOIR, LA TENUE N'A PAS D'IMPORTANCE
SURTOUT POUR TOI
CLAC

J'ORGANISE UNE PETITE FÊTE CE SOIR
BEAUCOUP DE GRANDS FABRICANTS ÉTRANGERS SERONT PRÉSENTS
QUE DIRIEZ-VOUS DE VENIR ?
SI TOUT SE PASSE BIEN, IL SE PEUT QUE VOUS PUISSIEZ CONCLURE QUELQUES BELLES AFFAIRES
JE VIENDRAI AVEC PLAISIR
JE PASSERAI VOUS CHERCHER À VINGT HEURES
ENTENDU
MERCI BEAUCOUP
C'EST LE DG DE LA BRANCHE JAPONAISE DE LA CÉLÈBRE SOCIÉTÉ AMÉRICAINE R&C
IL ME RAPPELLE SOUSHI
IL DONNE L'IMPRESSION DE POUVOIR TOUT ACCOMPLIR

RENTRE VITE !
JE CROIS QUE NOUS AVONS RÉGLÉ TOUS LES DÉTAILS DU CONTRAT
J'ESPÈRE QUE NOTRE COLLABORATION PORTERA SES FRUITS, MONSIEUR NARUSHIMA
NOUS ACCOMPLIRONS DE BELLES CHOSES ENSEMBLE, MONSIEUR SHINOHARA
BRR
AH...
AH ! IL SUFFIT QUE LA CHEMISE LES EFFLEURE POUR...
AU FAIT, VOUS INTÉRESSEZ-VOUS AUX PRODUITS D'IMPORTATION ?

JE LES AI ENSERRÉS DANS CET ANNEAU
TOUS LES JOURS
POUR QUE...
LORSQUE SOUSHI LES TOUCHE...
AH
SOUSHI...

HEIN ?
FRRT
QUELQUE CHOSE NE VA PAS ?
N... NON, TOUT VA BIEN
ÇA ALORS !
ILS ONT VISIBLEMENT GROSSI

J'AI PEUR DE NE POUVOIR TE SATISFAIRE, FINALEMENT
APRÈS CET INCIDENT, SOUSHI EST PARTI AUX ÉTATS-UNIS POUR LE TRAVAIL
RÉAGIR COMME ÇA SEULEMENT PARCE QUE JE N'ÉTAIS PAS SENSIBLE DES TÉTONS...
MONSIEUR, C'EST L'HEURE DE LA RÉUNION
AH!
OUI, J'ARRIVE
BOM

TU NE PEUX PAS ATTENDRE QU'ON SOIT RENTRÉS ?
PETIT OBSÉDÉ !
C'EST PARCE QUE JE NE PENSE QU'À NOS CORPS L'UN CONTRE L'AUTRE
FRRT
OH !
AÏE
ÇA NE TE FAIT RIEN ?
C'EST PAS ÇA... ÇA ME CHATOUILLE UN PEU C'EST TOUT
SOUSHI... C'EST PAS LA PEINE DE FAIRE ÇA
VITE !
ON VA S'ARRÊTER LÀ
ZAF
HEIN ?

SOUSHI...
JE CROIS QU'À PART NOUS DEUX, IL N'Y A PLUS PERSONNE DANS LES BUREAUX...
ALORS...

UNE SEMAINE AUPARAVANT
VOICI LES CHIFFRES DE NOS CLIENTS, JETTES-Y UN COUP D'ŒIL, S'IL TE PLAÎT
OK, MERCI
CE SONT DES INFORMATIONS CONFIDENTIELLES, MERCI DE TE LES AVOIR PROCURÉES
J'AI ENCORE PAS MAL DE RELATIONS
16GB
C'EST PAS GRAVE D'USER DE TELLES MÉTHODES ? ÇA NE ME PARAÎT PAS TRÈS ÉTHIQUE...
TU ES TROP HONNÊTE, ON EST OBLIGÉS SI ON VEUT RESTER DANS LA COURSE...
...

TCHIC
AÏE
PEUT-ÊTRE QUE COMME ÇA...
MES TÉTONS SERONT PLUS SENSIBLES

ME AND YOU...
TRUE LOVE

NE ME...
QUITTE PLUS JAMAIS
ME AND YOU... CRUEL LOVE / END

SOUSHI
IL Y A…
UNE CHOSE QUE JE NE T'AI JAMAIS DITE…

AH ! SOUSHI
ぎゅっ
HUMPF
AH
OH...
HMM !
SPLATCH
SPLOTCH
HMM !!

PLOTCH
AAH... SOUSHI !
PLOTCH
FLOC
FLOC
SOUSHI !
PLOTCH
PLOTCH
PLOTCH
PLOTCH
SOUSHI EN... ENCORE !
AIME-MOI ENCORE PLUS FORT
FLOC
FLOC
PLOTCH
PLOTCH
PLOTCH
AAH... GRAND FRÈRE
PLOTCH
PLOTCH

SOUSHI
POURQUOI NE M'EN SUIS-JE PAS RENDU COMPTE PLUS TÔT ?
PLOUTCH
AH
HUMM...
GRAND FRÈRE
AH...
AAH !
FLOC
FLOC

AH
AH...
MAIS MAIN-TENANT...
AH
GRAND FRÈRE
JE T'AIME

JE N'AI MÊME PLUS DE LIT...
TU N'AS PAS MAL PAR TERRE ?
NE DIS PAS DE BÊTISES
TOUT CE QUI COMPTE C'EST QUE JE SOIS AVEC TOI
OUI... JE N'AI BESOIN QUE DE TON CORPS
AVANT, LORSQU'ON FAISAIT L'AMOUR, JE ME DISAIS QUE C'ÉTAIT POUR L'ARGENT
JE N'ACCEPTAIS MÊME PAS MES PROPRES SENTIMENTS
HMM
SLURP

JE NE VEUX PAS QU'ON SE QUITTE DE CETTE MANIÈRE
PRENDS-MOI... S'IL TE PLAÎT
GRAND FRÈRE

JE NE TE SUIS PLUS D'AUCUNE UTILITÉ
OUBLIE-MOI
ADIEU
SOUSHI N'AVAIT RIEN CONTRE MOI...
BIEN AU CONTRAIRE
EN RÉALITÉ, IL M'AIME
SOUSHI !
ATTENDS ! SI C'EST LA DERNIÈRE FOIS QU'ON SE VOIT
JE VEUX QUE TU ME FASSES L'AMOUR

JE PENSAIS QUE TU ME VOLERAIS MA FAMILLE
AU FINAL JE N'AI PENSÉ QU'À MOI
ALORS QUE J'AURAIS DÛ ESSAYER DE ME METTRE À TA PLACE
QU'EST-CE QUE TU RACONTES ?
JE SUIS UN FRÈRE INDIGNE, LA PREUVE EN EST QUE JE NE PEUX PLUS T'AIDER
JE NE PEUX PLUS RIEN FAIRE POUR TOI

GRAND FRÈRE
POURQUOI ES-TU ICI ? JE NE VAIS PAS TARDER À QUITTER CET APPARTEMENT !
SOUSHI
J'AVAIS... J'AVAIS PEUR DE T'ACCEPTER DANS MA FAMILLE
J'AI SU DÈS LE DÉBUT QUE...
TU ÉTAIS UN ENFANT EXCEPTIONNEL

VROOM
SOUSHI
EN VOUS AIDANT FINANCIÈREMENT, MONSIEUR ISAMI S'EST OPPOSÉ AUX DIRECTIVES DES ACTIONNAIRES DU GROUPE
APPAREMMENT CE FUT LA RAISON DE SON ÉVICTION
J'AI ENTENDU DIRE QUE MÊME APRÈS SON RENVOI, IL A CHERCHÉ DES MOYENS DE RÉCOLTER DE L'ARGENT POUR T'AIDER
POURQUOI ?
POURQUOI, SOUSHI ?

NARUSHIMA
PLUS TARD
MON ENTREPRISE RÉUSSIT À REMONTER LA PENTE, PETIT À PETIT
ET LA VIE REPRIT SON COURS NORMAL
JE N'AI PLUS BESOIN DE L'ARGENT DE SOUSHI...
MAIS LUI, COMMENT VA-T-IL S'EN SORTIR
JE SUIS VRAIMENT CONTENT QU'ON AIT PU TRAVAILLER ENSEMBLE
MOI AUSSI YAMAKI
J'AI ENTENDU DIRE QUE LE GROUPE JSC VOULAIT VOUS RACHETER
JSC... C'EST LE GROUPE AUQUEL APPARTENAIT ISAMI ?
OUI C'EST BIEN ÇA... EN FAIT...

BON...
TCHAC
コトッ
TU PEUX T'EN ALLER
TU AVAIS VU JUSTE
JE SUIS UN PETIT FRÈRE INCAPABLE
PLUS RIEN NE TE RETIENT ICI

TU ÉTAIS...
AU COURANT...
SCHAF

ÇA A L'AIR DE BEAUCOUP TE PLAIRE
ALORS, ENSUITE...
ÇA... ÇA SUFFIT !
JE...
JE N'AI PLUS DE RAISON DE SUPPORTER CES SÉVICES...
TU OUBLIES QUE TU AS ÉTÉ RENVOYÉ !

ÇA... BRÛLE !
PLOC
ARGH
SOUSHI, ARRÊ...
AAH
AH
SPROUTCH
PLATCH

QUE... FAIS-TU ?
JE SUIS SÛR QUE TU VAS AIMER
FSSHH
HEIN ?!
ARGH !
SMOUCH
PLOC
AH !
AH !
ARRÊ...
SMOUCH
PLOC
AAH !

HMM...
SPROUTCH
SPROUTCH
ÇA A L'AIR DOULOUREUX D'AVOIR UNE CHOSE AUSSI GROSSE À L'INTÉRIEUR
CEPENDANT
JE PENSE QUE TU APPRÉCIES
PRUIT
PRUIT
ÇA ME FAIT PLAISIR QUE TU SOIS EXCITÉ, PEU IMPORTE CE QUE JE TE FAIS
TCHAC

AH ! ÇA NE POURRA JAMAIS RENTRER !
BLOUTCH
OUAAH
FLOC
FLOC
HÉ HÉ... ON Y ARRIVE DOUCEMENT
AH !
POTCH
AAH !

GRAB
JE TE FAIS TOUJOURS DE L'EFFET
SLURP
TOUT CE TEMPS TU VOULAIS QUE JE M'OCCUPE DE TOI
ATTENDS, SOUSHI ! IL FAUT QU'ON PARLE...
DÉSOLÉ... MAIS AUJOURD'HUI TU AURAS DROIT À UNE PETITE CORRECTION
JE VAIS TE MONTRER COMMENT ON S'AMUSE AVEC ÇA

SOU... SOUSHI !
TCHAC
QU'AS-TU L'INTENTION DE FAIRE ?
VILAIN GARÇON, TU A RÉUSSI À M'ÉNERVER
TU BATIFOLES AVEC D'AUTRES HOMMES...
AH ! CE N'ÉTAIT QU'UN ANCIEN CAMARADE DE CLASSE !
NOUS AVONS DES CHOSES PLUS IMPORTANTES À NOUS DIRE

SOUSHI...
ÇA FAISAIT LONGTEMPS... GRAND FRÈRE
TU VEUX BIEN ME TENIR UN PEU COMPAGNIE ?

ÇA NE SERAIT PAS MONSIEUR ISAMI, PAR HASARD ?
OH !
TU LE CON-NAIS ?
AAH
UN DE MES CLIENTS A PRIS UNE HYPOTHÈQUE SUR SON APPARTEMENT, JE SUIS PASSÉ FAIRE DES VÉRIFICATIONS AVANT DE RENTRER CHEZ MOI
C'EST VRAIMENT AFFREUX CE QUI LUI ARRIVE, IL A ÉTÉ BRUTALEMENT RENVOYÉ DU CONSEIL D'ADMINISTRATION
QUOI ?
IL A ÉTÉ RENVOYÉ ?
C'EST...
EXCUSE-MOI, J'AI ENCORE UNE COURSE À FAIRE
À LA PROCHAINE...
QU'EST-CE QUI SE PASSE ?

IL N'Y AURA PROBA-BLEMENT PERSONNE CE SOIR NON PLUS
AH ? NARUSHIMA !
C'EST BIEN TOI
TU TE RAPPELLES DE MOI ? NOUS ÉTIONS À LA FAC ENSEMBLE
AH ! YAMAKI ? COMMENT VAS-TU ?
QU'EST-CE QUE TU DEVIENS ?
TU TRAVAILLES OÙ ?
JE TRAVAILLE DANS UNE BANQUE PAS LOIN D'ICI
SI TARD ?

BO BOM
QUE... JE TREMBLE...
BO BOM
BO BOM
TOC TOC
MONSIEUR
AH
NOUS AVONS FINI POUR AUJOURD'HUI... VOUS VOULEZ QUE NOUS ALLIONS BOIRE UN VERRE ?
EUH...
J'AI DÉJÀ QUELQUE CHOSE DE PRÉVU CE SOIR
D'ACCORD... À DEMAIN ALORS

NARUSHIMA
ÇA FAIT DEUX MOIS
QUE JE N'AI PLUS DE CONTACT AVEC SOUSHI
TAC TAC TAC TAC
IL CONTINUE À FAIRE LES VERSEMENTS D'ARGENT
SI JE NE LE REVOIS PLUS JAMAIS... JE NE VEUX PAS QU'ON SE QUITTE COMME ÇA
SI...JE NE LE REVOIS PLUS...

JUSQU'À QUAND VAIS-JE DEVOIR SUPPORTER CETTE SITUATION ?
BIIP
mi
SSHH
?
C'EST BIZARRE, EN PRINCIPE EN SEMAINE, À CETTE HEURE-CI C'EST TOUJOURS...
Isami
PERSONNE SUR LE PORTABLE NON PLUS...
...

JE VIRE L'ARGENT SUR LE COMPTE BANCAIRE HABITUEL
J'ESPÈRE QUE TON ENTREPRISE SE REMETTRA VITE SUR PIED
EN FAIT
LES AFFAIRES REPRENNENT PETIT À PETIT...
CEPENDANT...
JE SAIS QUE SOUSHI OPÈRE DANS L'OMBRE POUR QUE CETTE SITUATION CONTINUE

SI TU CONTINUES À FAIRE SEMBLANT DE NE PAS AIMER ÇA
PLOTCH
FLOC
PLOTCH
FLOC
PLOTCH
AH...
HUMM
ON CONTINUERA JUSQU'À TEMPS QUE TU Y PRENNES DU PLAISIR
ÇA FAIT SIX MOIS QUE JE REVOIS SOUSHI
OH
HMM
J'AI DES RAPPORTS SEXUELS AVEC LUI, POUR SAUVER L'ENTREPRISE FAMILIALE
AH !
AAH
AAH !
SPLASH
AH
AH

HHMM
AH...
FRPT
PLOUTCH
PLOUTCH
AH...
HM HM...
MAINTENANT TON CORPS M'APPARTIENT TOUT ENTIER

ME AND YOU...
CRUEL LOVE

C'EST ÇA...
ÇA NE SERA PAS POUR TE DÉPLAIRE NON ?
GRAND FRÈRE
JE... NE ...
AAH...
POURRAI PLUS ME SÉPARER DE LUI
ME AND YOU... THE NAUGHTY / END

LE PLAN DE FINANCEMENT DE CE MOIS-CI SERA PRÊT DEMAIN
JE SUPPOSE QUE JE VAIS DEVOIR TE RENDRE VISITE
TOUS LES MOIS...

HMM...
HMM
SPLATCH
AH

PLOC
SPLOTCH
PLOC
PLOC
PLATCH
AH...
OUI, JE SENS...
AH...
POUR MOI... SOUSHI EST...
PLOUTCH
AAH !
GRAND FRÈRE
SOUSHI...
AH

ARRÊTE TES CONNERIES !
TU M'AGRESSES ET EN PLUS TU VEUX DE L'AMOUR ?!
JE... JE... T'AIMERAI JAMAIS !
ARGH
PAF
HMM
HUMPF
PLOUTCH
HUMPF
DU CALME GRAND FRÈRE ! SENS-LÀ ENCORE UN PEU !
PLOUTCH
PLOUTCH

IL A SUFFI QUE JE TE PÉNÈTRE POUR QUE TU PRENNES TON PIED
JE SAVAIS QUE TU M'AIMAIS

IL ESSAIE DE ME VIOLER
AAH AAH
PLOUTCH
ÇA SUFFIT ! ARRÊTE SOUSHI !
FLOC
AH...
AAH !
TU... DISAIS ?
TU AS L'AIR DE PRENDRE BEAUCOUP DE PLAISIR POURTANT, J'AI TORT ?
PLOUTCH
FLOC
HMM... HMM
AH
HUMPF

EN ME METTANT COMME ÇA, TU NE POURRAS PLUS BOUGER...
CRAC
AH !
PLOC
JE VOIS QUE TU NE RESTES PAS DE MARBRE !
QUE...
OH... J'ARRIVE À ALLER JUSQU'AU FOND
MAIS... QUE...

AAH... ARR... ARRÊTE !
SOUSHI !
AH
AH
JE N'AI PLUS... DE FORCE...
AAH
GRAB
HEIN ?
FLAP

QUE FAIT-IL ?
AAH !
PLOUTCH
ÇA VA BIENTÔT DEVENIR AGRÉABLE
AGRÉ...ABLE ?
FLOC
AAH

SINON ...
SINON JE RISQUE DE DEVENIR VIOLENT
AAH
ÇA...
ÇA FAIT MAL !
SOUSHI, TU ME FAIS MAL !
PLOUTCH
AH OUI ? TU N'ARRIVES PAS À APPRÉCIER PARCE QUE TU TE DÉBATS TROP
ÇA VA ALLER
AAH !
QUE...

PAF
HUMPF
SOUSHI ! QU'EST-CE QUE TU FAIS ?
VLAM
SOIS SAGE, GRAND FRÈRE !
AÏE !

JE...
JE NE POUVAIS TOUT SIMPLEMENT PAS ADMETTRE QUE DES ÉTRANGERS PUISSENT FAIRE PARTIE D'UNE FAMILLE AUSSI VITE
JE N'AI ABSOLUMENT... JAMAIS...
JAMAIS...
GRAND FRÈRE
AH

JE LE SAVAIS, TU ÉPROUVES ENCORE DE LA RANCUNE, VOILÀ POURQUOI TU AGIS COMME ÇA
GRAB
GRAND FRÈRE, EST-CE QUE TU ME DÉTESTAIS ?
CE N'ÉTAIT PAS LE CAS, N'EST-CE PAS ?
TU NE FAISAIS QUE RÉPRIMANDER UN GAMIN INCAPABLE...
TU FAISAIS ÇA POUR MON BIEN, C'EST BIEN ÇA ?
POURQUOI T'EN VOUDRAIS-JE ?

CLAC
QU'EST-CE QUE TU FABRIQUES ?!
VOILÀ LE GRAND FRÈRE QUE JE CONNAIS
HMM
HMM AAH
SOU... SHI...

BAM
AÏE !
SHLAC
MERDE !
SOU...
PAF
SOUSHI !

PAS COMME LA DERNIÈRE FOIS...
PLUS JAMAIS
JE NE TE LAISSERAI ME QUITTER
QUOI ?
SHLAC

GRAND FRÈRE
PAF
BRR
ES... ESPÈCE DE...
NE T'ÉLOIGNE PLUS JAMAIS DE MOI, GRAND FRÈRE !

IL SE FOUT DE MOI, C'EST PAS POSSIBLE !
C'EST INCROYABLE QUE...
TU SOIS ARRIVÉ À CETTE POSITION
TOI QUI ÉTAIS INCAPABLE DE FAIRE QUOI QUE CE SOIT, QUI PASSAIS TON TEMPS À PLEURER
MAIS, MAINTENANT...
AH, ENFIN TU RECONNAIS MA VALEUR
JE DOIS PENSER À L'ENTREPRISE...
HAA !
TU T'EN ES BIEN SORTI SOUSHI !

BAM
N'EST-CE PAS EXTRA-ORDINAIRE ?
AUJOURD'HUI, IL N'Y A RIEN DONT JE NE SOIS CAPABLE
TU AS DE QUOI ÊTRE FIER NON ?
SOUSHI...

JE N'AI AUCUNE RANCUNE ENVERS TOI
TU ES BEAU, INTELLIGENT, J'AI TOUJOURS ÉPROUVÉ BEAUCOUP D'AMOUR À TON ÉGARD
GRAB
C'EST POUR ÇA
QUE J'AI PASSÉ MA VIE À TRAVAILLER POUR ÊTRE UN PETIT FRÈRE...
DIGNE DE TOI

GRR
C'EST TOI... QUI AS TOUT MANIGANCÉ !
TOUT ÇA POUR TE VENGER DE MOI ?!
NE TE MÉPRENDS PAS

IL A SUFFI QUE JE PENSE À TOI...
PLAF
JE... VOIS...
POUR ACCOMPLIR DES MIRACLES...
LA CHUTE SOUDAINE DE NOS CHIFFRES
LE CHANGEMENT D'ATTITUDE DES BANQUES ET DE NOS CLIENTS

TU SAIS, C'ÉTAIT TRÈS DUR POUR MOI
ÊTRE REJETÉ PAR LA FAMILLE NARUSHIMA, MOI QUI N'AVAIS PERSONNE POUR ME TENDRE LA MAIN
C'ÉTAIT DIFFICILE DE ME HISSER JUSQU'À MA POSITION ACTUELLE
MAIS... GRÂCE À TOI, GRAND FRÈRE
GRAND FRÈRE
PARDON GRAND FRÈRE, PARDON !
S'IL TE PLAÎT, PARDONNE-MOI
JE FERAI PLUS D'EFFORTS

ET MENER TON ENTREPRISE À SA PERTE ?
JE TE PRÉVIENS
TU AURAS BEAU CHERCHER, TU NE TROUVERAS PERSONNE POUR TE SOUTENIR
TU... TU...
NON... IL AURAIT...

OUPS ! J'AVAIS OUBLIÉ QUE TU N'AIMAIS PAS QUE JE T'APPELLE COMME ÇA
...
CEPENDANT, JE TE CONSEILLE, PAR LES TEMPS QUI COURENT, DE ME CONSIDÉRER COMME TON PETIT FRÈRE
CAR, AUJOURD'HUI JE SUIS LE SEUL À POUVOIR T'AIDER
MERCI...
MAIS JE NE PEUX PAS ACCEPTER...

NE M'APPELLE PAS GRAND FRÈRE !
AÏE !
PIF
JE N'ACCEPTERAI JAMAIS QUE TU SOIS MON FRÈRE !
PAF
PAF
JE... JE N'AI JAMAIS CONSIDÉRÉ SOUSHI COMME QUELQU'UN DE MA FAMILLE
PIF
PAR... PAR PARDON... PARDON !
AU POINT DE LE POUSSER À QUITTER LE DOMICILE FAMILIALE APRÈS LE DÉCÈS DE SA MÈRE... À L'ÉPOQUE NOUS ÉTIONS AU COLLÈGE
GRAND FRÈRE

LORSQUE J'AVAIS 6 ANS, MON PÈRE S'EST REMARIÉ... SA NOUVELLE FEMME S'EST INSTALLÉE CHEZ NOUS AVEC SON FILS... SOUSHI...
À PARTIR D'AUJOURD'HUI VOUS ÊTES FRÈRES
ALLEZ SOUSHI, DIS BONJOUR !
MOI, CEPENDANT...
LA FERME !
UN NARUSHIMA NE PEUT PAS SE PERMETTRE D'AVOIR D'AUSSI MAUVAISES NOTES !
BAM
PAR... PARDON
JE... JE FERAI MIEUX LA PROCHAINE FOIS
GRAND FRÈRE...
GRR

GRAND FRÈRE
QUOI ?!
GRAND FRÈRE ? ÇA VOUDRAIT DIRE QUE...
CET HOMME C'EST...
ÇA VA FAIRE DIX ANS JE CROIS...
C'EST SOUSHI ?!

C'EST...
C'EST POUR CELA QUE JE VIENS DEMANDER VOTRE AIDE FINANCIÈRE
JE LE SAIS BIEN...
D'AILLEURS C'EST UNE TRÈS BONNE RAISON POUR NOUS REVOIR
JE FERAI TOUT MON POSSIBLE
JE... JE VOUS REMERCIE...
TU SAIS BIEN QUE JE SERAIS INCAPABLE DE T'ABANDONNER

VEUILLEZ ME SUIVRE, JE VOUS PRIE
MONSIEUR ISAMI VOUS ATTEND
MONSIEUR NARUSHIMA DE LA SOCIÉTÉ NARUSHIMA EST ARRIVÉ
BONJOUR
C'EST TRISTE CE QU'IL VOUS ARRIVE
IL EST REGRETTABLE QU'UNE SOCIÉTÉ AUSSI PRESTIGIEUSE QUE NARUSHIMA SOIT EN DANGER DE FAILLITE

ME AND YOU...
THE NAUGHTY

ME AND YOU... THE NAUGHTY

PIYOKO CHITOSÉ

SOMMAIRE